사치와 평온과 쾌락

sempé
사치와 평온과 쾌락

장자크 상페 지음 이원희 옮김

Luxe , calme & volupté .

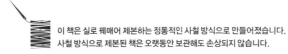

이 책은 실로 꿰매어 제본하는 정통적인 사철 방식으로 만들어졌습니다.
사철 방식으로 제본된 책은 오랫동안 보관해도 손상되지 않습니다.

저 사람은 가까운 이웃이거니와 아주 좋은 친구이기도 했어. 우린 거의 매일 저녁 이런저런 얘기를 나누고, 사색에 잠기기도 하면서 지는 해를 바라보곤 했지. 그러던 어느 날, 사소한 의견 대립이 있었지. 그날 이후로 저 친구는 더없이 기분 좋은 이 순간을 망치려고 애쓰고 있어.

포부: 사치와 평온과 쾌락.

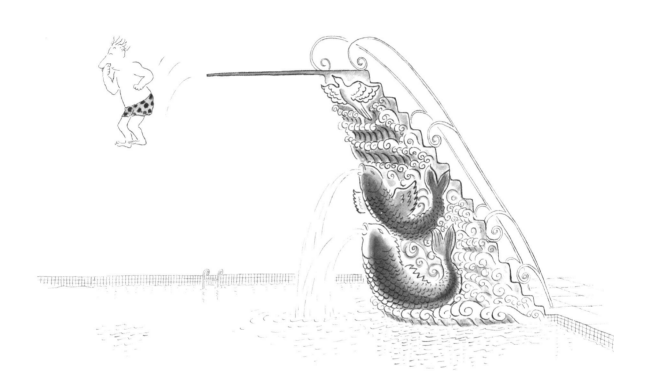

이 속에 다 담아 놨소!

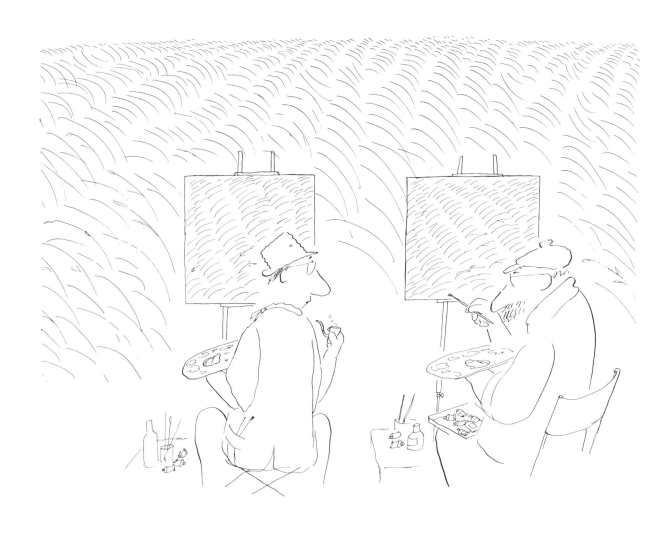

이만 돌아가세, 바람이 방향을 바꾸었으니.

1

2

내가 언제고 바람을 피운다면, 누군가랑 저렇게 다니고 싶어.

● *L'INVITATION AU VOYAGE* — 〈여행에의 초대〉라는 뜻으로, 보들레르의 시 제목이기도 함.

브리아스 쉬르 루

성채
성벽
16세기의 장터

페스티벌은
절대 없음

엄마, 아빠, 나 걸어요!

이렇게 비가 오는 날에는 정든 낡은 스웨터를 입고 지내는 게 정말 좋다. 예전에 즐겨 듣던 음반들, 적당한 열기를 내는 장작불, 우리의 손때가 묻은 낡은 책들. 이 느긋함, 이 편안함. 꿈을 꾸는 시간. 나는 꿈을 꾼다. 나는 남녘으로 도망치는 꿈을 꾼다.

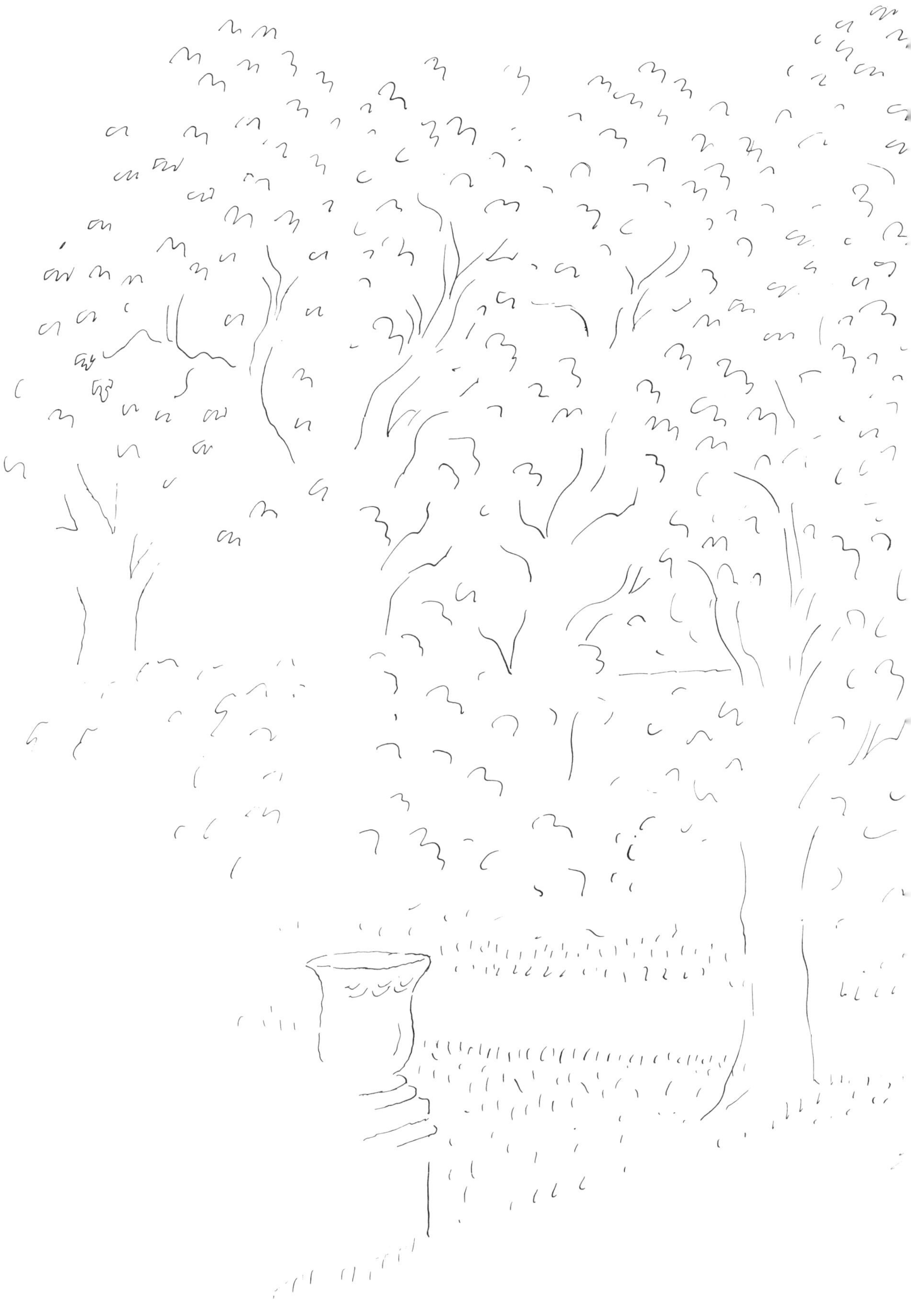

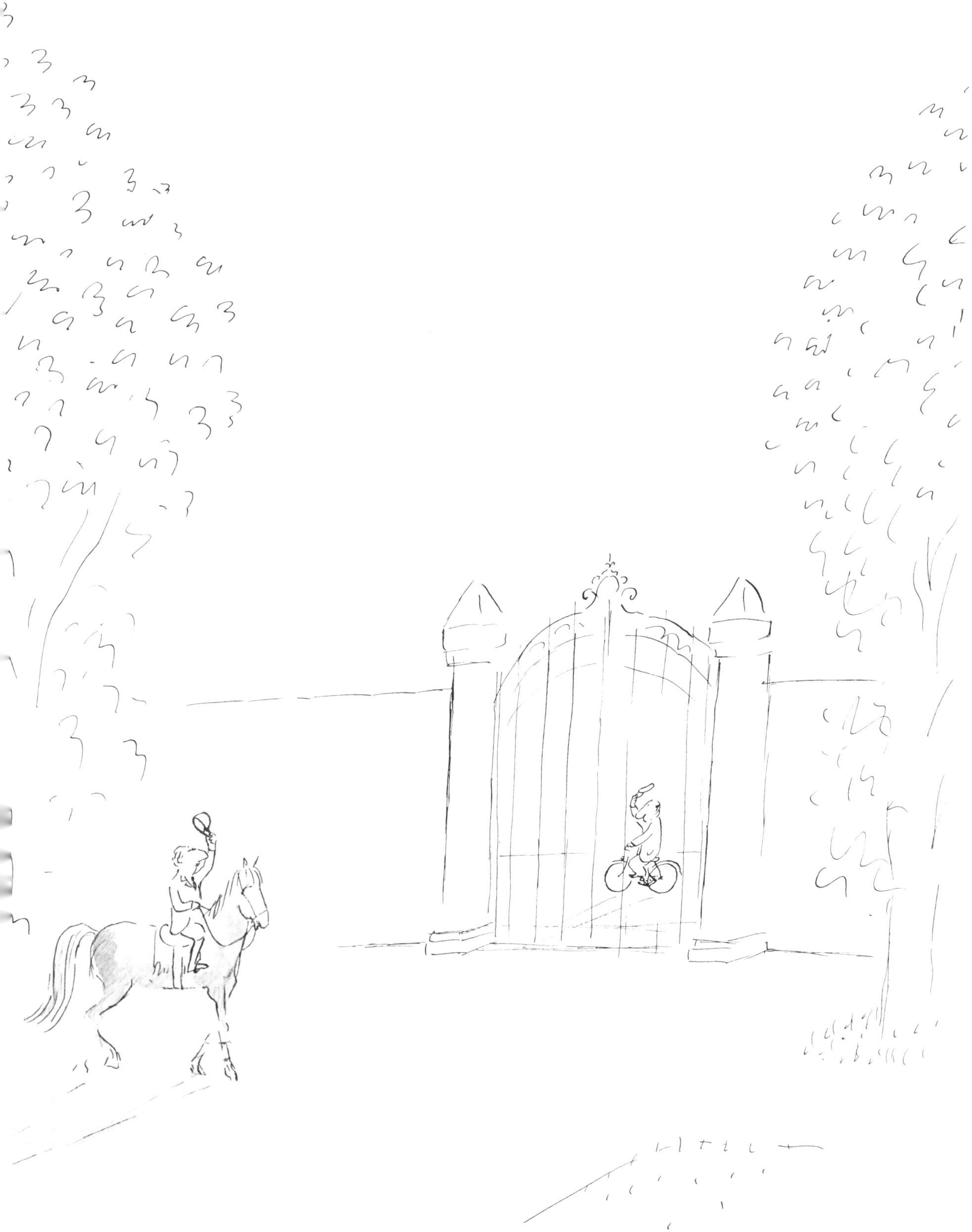

뤼시엔, 이러면 안 되는 줄 알지만, 당신을 원망하지 않을 수 없구려. 아침마다 나한테 인사를 한다고 믿고 있던 신사가 실은 건너편 사무실의 거울에 비친 내 모습에 지나지 않는다는 걸 당신이 알려 준 후부터는.

우리 회사는 늘 경쟁이 치열했어.

일요일 아침, 불쑥 향수가 밀려오는 거야. 나는 차를 타고 본가로 향했지. 다락방, 삐걱거리는 마루, 그 냄새, 커다란 가방들과 그것들에 얽힌 추억들. 내 어릴 적의 장난감 전기 기차, 조그만 역, 선로 전환기들. 기차는 아직도 완벽한 상태로 작동하고 있더군. 그 순간 밀려오는 엄청난 실망감이라니. 이젠 그게 고성능 기차가 아니더라고……

매일 오후 일과가 끝날 무렵이면 이상하게도 서글프고 맥이 빠지는 느낌이 든다. 해가 지고 그림자들이 드리워지고, 특히 나의 긴 그림자가 서서히 그러나 확연하게 아직 병중인 우리 부장의 빈 사무실을 향해 뻗칠 때, 나는 기운을 되찾는다.

나 다음으로 중요한 인물을 바꿔 주시오.

넌 절대로 텔레비전에 출연하지 못할 거다.

이제는 우리가 참패한 이유를 분석합시다.

언제나 똑같은 꿈이에요. 펠레가 상대 수비수를 따돌리고 플라티니에게 공을 패스하면, 플라티니는
골인을 시킬 수 있는 기차게 좋은 상황에서 내게 공을 차주죠. 나는 냅다 슛을 날려요. 비웃으면서 한
손으로 공을 막는 골키퍼는 내 마누라예요.

「루이즈는 어떻게 지내나?」「아주 잘 지내고 있네, 고마우이. 그런데 오데트는?」「쉬잔에게 안부 전해 주시오.」「클레르 여사님께도 문안 인사 전해 주십시오.」「카트린은 요즘 어때요?」「내 마음의 키스를 솔랑주에게 대신 보내 주시오.」「조만간 모드를 만나게 되길 바라네.」「크리스틴은 잘 지내?」「조엘에게 안부 전해 주게.」「엘리자베트에게도 인사 전해 줘.」「모니크는 잘 있어?」「아주 잘 지내고 있지, 고맙네. 로르는 어때?」……

● 모두 여자 이름임.

따스한 공기가 당신에게 말하네요. 기운을 차리라고. 꽃들도 기운을 차리라 하고, 새들, 별들, 온갖
생명의 변함없는 약동, 모두들 기운을 차리라 하네요. 그래도 난 당신에게 정신과 의사를 만나 보라고
하겠어요.

20년을 함께 살면서 축적된 이 크고 소중한 애정을
어떻게 활용하면 좋을지 생각하는 중이에요.

아내와 나, 우린 거의 외출을 안 하죠.

1

2

sempé

sempé.

오늘 저녁 내가 가져오는 것을 보셨던 불씨가
이 참담한 결과를 줄지 누가 짐작인들 했으리!
불길은 번지고, 그 맹위는 걷잡을 수 없으니
허둥거리지 말고 비상구를 찾아 나갑시다!

글쎄 내가 당신에게 20년 전에 프로포즈를 했던 자리는 저 테이블이라니까!

어제, 시장에 갔어. 기막히게 좋은 상추를 샀지. 야채 장수가 말했어. 「그럼요, 아주 좋은 상추고말고요!」 집으로 돌아와서 상추를 물에 담가 두었다가 반짝반짝하는 상추를 창문 턱에 올려놓았어. 이웃집 여자가 말했어. 「어머나, 이 상추는 어쩌면 이렇게 소담스러울까!」 남편이 돌아왔고, 햇빛에 반짝이는 상추를 보고 말했어. 「야, 그 상추 진짜 탐스럽군! 거참 먹음직스러워 보이네!」 그러고는 남편이 내게 키스를 했는데, 그건 우리 부부에게 흔치 않은 일이었지. 우리는 텔레비전을 보면서 한잔했어. 광고에 나온 여자가 시장에서 상추를 샀고, 야채 장수는 굉장히 좋은 상추라고 말하고 있었어. 그녀의 이웃집 여자도 소담스러운 상추라고 말하고 있었어. 그 여자의 남편이 돌아와서는 상추에 경탄하고 아내에게 키스를 하는 거야. 그 순간, 까닭 모를 설움이 복받치면서 울음이 터지지 뭐니.

고마워요. 세 번 고마워요!

그런데요, 이스파냉 부인, 이번 주에 부인의 운세에서는
목성과 천왕성 간에 전쟁이 있었군요!

파값 폭락이라…….

친애하는 친구 여러분, 늦었다는 건 알지만, 잠시 집중해 줄 것을 요청하는 바입니다. 새벽 3시만 되면 어김없이 우리의 친구 엘렌 카르비뉴를 괴롭히러 오는 빅토르 위고의 망령을 그녀가 떨쳐 낼 수 있도록.

샤를……

1

2

3

4

5

Sempé

고맙습니다, 주여, 메시지 잘 받았습니다!

3월 28일 금요일, 새벽 3시

어제, D와 절교했다.
T와 함께 M씨네 집의 저녁 파티에 갔다. 나는 S여인과 오랫동안
얘기했다. 나는 그녀의 손을 잡고 있었다(R은 T와 얘기하고 있어
서 나를 볼 수 없었다). V여인이 도착하자, S여인이 긴장하더니
교태를 부리며 가련한 T와 시시덕거리고 있었다. 나는 V여인에게
내가 그녀랑 집으로 돌아가고 싶은 마음이 없다는 걸 깨닫게 했다.
나는 S여인에게 다가갔다. 나는 그 도박장을 나가야만 했다. 나는
가련한 T가 눈치채지 못하게 S여인이랑 슬그머니 빠져나왔다.
그녀는 내가 집까지 바래다주는 것을 승낙했다. 7구역 G거리 23번
지 4층, S여인의 집은 매혹적으로 꾸며져 있었다. H의 J에게서
선물로 받은 P의 그림 한 점이 있고, JPS의 책이란 책은 다 있었
고(그는 그녀에게 홀딱 빠져 있었다), 또 M출판사에서 최근에 나온
불쌍한 PN(그는 끈질기게 그녀에게 수작을 걸고 있다)의 증정본도
있었다. 나는 그 책을 보고 그리 놀라지 않았다. 엄청나게 요염한
이 여자 S! 도취에 빠진 그녀는 내게 이렇게 외치고 있었다.
「프랑수아 사비에! 프랑수아 사비에! 오! 나의 프랑수아 사비에!」

올해는 집회가 끝난 후에 무도회가 없습니다.

오늘은 대축제의 날이야, 로베르, 모든 사람을 위한 대축제란다.
풍선을 날려 보내야지 너만 갖고 있으면 안 되는 거야.

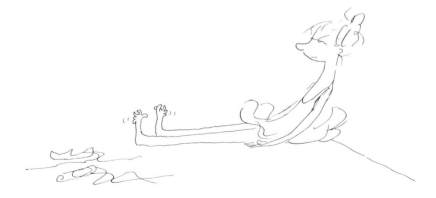

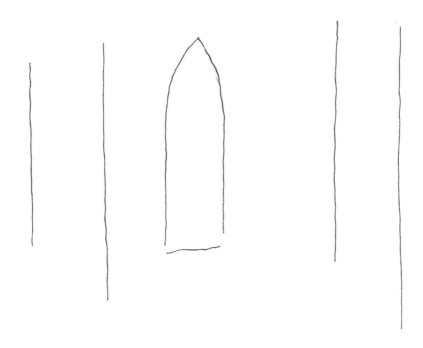

지금 당장 제 소원을 다 들어주실 수 없다면, 우선은 50퍼센트만 들어주시고,
나머지는 올해 안으로 들어주소서.

치즈, 마르트.

I ♥ 천국

옮긴이 **이원희**

프랑스 아미앵 대학교에서「장 지오노의 작품 세계에 나타난 감각적 공간에 관한 문체 연구」로 석사 학위를 받았으며, 현재 전문 번역가로 활동하고 있다. 옮긴 책으로 장 지오노의『언덕』,『소생』,『세상의 노래』,『영원한 기쁨』, 아민 말루프의『타니오스의 바위』,『사마르칸트』, 칼릴 지브란의『예언자』, 장크리스토프 뤼팽의『붉은 브라질』, 다이 시지에의『발자크와 바느질하는 중국 소녀』, 소피 오두인 마미코니안의『타라 덩컨』,『인디아나 텔러』, 장자크 상페의『각별한 마음』,『돌풍과 소강』등이 있다.

사치와 평온과 쾌락

지은이 장자크 상페 **옮긴이** 이원희 **발행인** 홍예빈·홍유진 **발행처** 주식회사 열린책들
주소 경기도 파주시 문발로 253 파주출판도시 **대표전화** 031-955-4000 **팩스** 031-955-4004
홈페이지 www.openbooks.co.kr
Copyright (C) 주식회사 열린책들, 2000, 2018, *Printed in Korea.*
ISBN 978-89-329-1892-1 03860 **발행일** 2000년 4월 15일 초판 1쇄 2008년 6월 20일 초판 12쇄 2010년 1월 10일
2판 1쇄 2018년 5월 15일 신판 1쇄 2024년 6월 30일 신판 5쇄